Monsieur Roze [illegible]

Y [illegible] B[illegible]   395[illegible]

ÉLOGE

DU DUC D'ENGHIEN,

PAR A. BULLY, DE MEAUX,

MEMBRE DE L'UNIVERSITÉ DE FRANCE.

~~~~~~~~~~~~~~~~~~~~~~~~~~~~~~~~~~

...... Manibus date lilia Plenis :
Purpureos Spargam flores, animamque nepotis
His saltem accumulem donis et fungar inani
Munere.

Virg. Eneid. lib. VI.

~~~~~~~~~~~~~~~~~~~~~~~~~~~~~~~~~~

A MEAUX,

DE L'IMPRIMERIE DE DUBOIS-BERTHAULT.

1816.

ÉLOGE

DU DUC D'ENGHIEN.

Prévoyant tous les maux qui menaçoient la France,
L'héritier des Condés, leur unique espérance,
D'Enghien s'étoit, hélas ! exilé des doux lieux
Illustrés tant de fois par ses nobles ayeux ;
Du fond de son exil, souvent, l'âme attendric,
Il tournoit ses regards vers sa triste patrie,
Mais il n'y voyoit plus que de lâches bourreaux,
Des autels profanés, du sang et des tombeaux.
Des traîtres, au mépris du pouvoir légitime,
Sur le trône des lys avoient assis le crime,
Et sur ce trône auguste insolemment assis
Le crime proscrivoit, fouloit aux pieds les lys.

D'Enghien ne put souffrir un tel excès d'outrage ;
Il cède au noble élan de son jeune courage,
Arme son faible bras pour la première fois,
Et court venger la cause et du trône et des Rois.

Bourbon, heureux témoin de son ardeur guerrière,
De l'honneur sous ses pas applanit la carrière ;

Il dirigeoit ses coups, soutenoit ses efforts,
Modéroit de son cœur les généreux transports.
Que de fois il craignit pour ce fils magnanime,
Quand, noble défenseur du pouvoir légitime,
Il préféroit la gloire aux douceurs du repos,
Et couroit de sa race imiter les héros !
Mais quel fer eût osé trancher ses destinées ?
A peine ce guerrier comptoit-il vingt années,
Et l'Europe surprise admiroit son grand cœur !
Hélas ! contre la force à quoi sert la valeur ?
C'est envain que partout il semoit les alarmes,
Il faut céder au nombre et déposer les armes.
Ah ! le brave d'ENGHIEN ne le sauroit souffrir ;
Pour l'honneur et les lys il veut vaincre, ou mourir.
Ce noble sentiment aiguillone son âme ;
Venger l'affront du sceptre est l'espoir qui l'enflamme ;
Impatient, il vole à de nouveaux combats
Et rejoint de CONDÉ les fidèles soldats.
   Quel heureux favori des filles de mémoire
Nous redira d'ENGHIEN les hauts faits et la gloire,
Nous peindra ce héros, entouré de débris,
Et portant la terreur dans les rangs ennemis ?
Là, je le vois gravir la cîme des montagnes
Et fondre sur les camps qui couvrent les campagnes ;
Ici, de son ardeur réprimant les élans,
Il mesure l'obstacle et s'éloigne à pas lents ;

Il s'éloigne et pourtant on le craint, on l'admire ;

Ainsi loin des chasseurs un lion se retire ;

Son attitude est fière et son air furieux,

Et le feu du courage étincelle en ses yeux.

Quel brave, dit Condé, conduira l'avant-garde ?

D'Enghien étoit présent, c'est d'Enghien, qu'on regarde ;

Il est jeune, il est sage, il est plein de valeur ;

A d'Enghien, à lui seul appartient cet honneur ;

Les lys triompheront sous ce chef intrépide.

Voyez-le dans Munich : c'est d'Enghien qui les guide,

Ces guerriers valeureux qui firent, sur un pont,
Aux milices du crime un immortel affront.

Le héros de ce pont défendoit le passage ;

Sur lui de tous côtés on s'élance avec rage ;

Mille bouches d'airain vomissent le trépas ;

Il les entend gronder et ne s'en émeut pas,

Même au sein des dangers qui menaçoient sa tête,

On eût dit que d'Enghien présidoit une fête.

Quelle fête ! grands dieux ! il pleuroit ses succès :

Le sang, qu'il fit couler, étoit du sang Français !....

Pendant un mois entier que dura la défense,

Tout ce que pouvoit l'art, l'adresse et la vaillance,

D'Enghien le déploya contre ses ennemis ,

Et d'un grand capitaine on reconnut le fils.

Dirai-je Rosenheim, et Fribourg, et Constance,

Et tant d'autres exploits, que pleure encor la France ?

Que de sang a coulé dans ces jours malheureux ;

Où nos guerriers, hélas ! s'égorgèrent entr'eux !

Eh ! que ne s'armoient-ils, ces guerriers intrépides,

Pour combattre et punir des ennemis perfides !

D'Enghien les eût guidés au sentier de l'honneur,

Et comme nous sans doute, enivrés de bonheur,

Ils auroient vû le jour, jour à jamais prospère ,

Qui rendit à nos vœux un bienfaiteur, un père.

Le ciel est appaisé ; las enfin de punir,

Il semble nous promettre un heureux avenir.

Un traité se conclut et la discorde cesse.

Adieu, champs de l'honneur, adieu, d'Enghien vous laisse.

Loin du bruit des cités et du faste des cours,

C'est au sein de la paix, qu'il coulera ses jours.

Après tant de combats , que la paix a de charmes !

Oppresseurs des Bourbons, suspendez vos alarmes :

Le héros qui sur vous lançoit des traits vengeurs,

A déposé le glaive et cultive des fleurs ;

Ainsi le grand Condé, dont la France s'honore ,

Passoit du Champ de Mars dans les jardins de Flore.

Ettenheim est le lieu, qu'il choisit pour séjour ;

Il s'y livre aux beaux arts, il s'y livre à l'amour,

Et ce doux sentiment, dont il nourrit son âme,

L'échauffe et la remplit d'une céleste flamme.

Pouvoit-il, des Henris illustre descendant,

Être bon , être brave et n'être pas amant ?

Il aimoit ; quand on aime, on est bien sûr de plaire,
Et d'ailleurs ses vertus, son noble caractère,
Son courage indompté, son air plein de douceur
Imposoient à l'esprit et séduisoient le cœur.
Une jeune Princesse aimable autant que belle,
L'adoroit en secret ; il soupiroit pour elle,
Et déjà l'hyménée allumoit son flambeau.
Hélas ! Faut-il s'aimer aussi près du tombeau !
  Sur le trône des lys, un soldat plein d'audace,
Sous le nom de consul, venoit de prendre place,
Et le peuple Français avoit crû voir en lui
Un héros magnanime, un vengeur, un appui.
Mais à d'autres honneurs l'ambitieux aspire :
C'est peu d'être consul, il lui faut un empire ;
L'obtiendra-t-il jamais, s'il reste des BOURBONS ?
Descendans de HENRI, craignez ses trahisons,
Fuyez loin de ce monstre, ô famille adorée !
Fuyez, il en est temps, votre perte est jurée !....
  L'héritier des CONDÉS si loyal et si bon
Ne pouvoit concevoir cet odieux soupçon ;
Il se livroit sans crainte aux plaisirs de son âge.
Un jour que, des combats cherchant la noble image,
Sur les traces d'un cerf emporté par la peur,
Il avoit épuisé sa force et son ardeur,
Il goûtoit du sommeil la faveur bienfaisante ;
Un songe lui montroit sa mère et son amante.....

Soudain un bruit confus a troublé son repos.

De sa couche à l'instant s'élance le héros ;

Une arme est dans ses mains, il vendra cher sa vie.

Tout, hélas ! tout s'oppose à cette noble envie,

Les pleurs de l'amitié, la nuit et les soldats ;

Ce n'est qu'en frémissant que d'ENGHIEN suit leurs pas.

Dieux ! quels regrets amers ! que sa douleur est vive,

Quand il lui faut quitter cette terre adoptive !

Il ne reverra plus ce fortuné séjour,

Théâtre de ses jeux, témoin de son amour !

Ses mains, ses nobles mains, un soldat les enchaîne !

Il veut savoir du moins vers quels lieux on l'entraîne,

Mais un morne silence alarme ses esprits.

On part, on est déjà sous les murs de Paris.

C'étoit l'heure, où la nuit étend ses voiles sombres,

Et prête aux noirs forfaits l'épaisseur de ses ombres ;

D'ENGHIEN, à la faveur des ombres de la nuit,

Par l'ordre du tyran à Vincenne est conduit.

La terreur et la mort règnent sur son passage ;

Le Prince en a conçu le plus affreux présage,

Et pourtant il se livre aux douceurs du sommeil !

O Prince infortuné ! quel sera ton réveil ?

Entends-tu le beffroi sonner la douzième heure ?

Lève-toi, des soldats assiègent ta demeure ;

Suis-les, à la clarté des sinistres flambeaux,

Suis-les, tu vas paroître aux yeux de tes bourreaux.

Au pied d'un tribunal, présidé par le crime,

Je vois avec fierté s'avancer la victime.

Pourra-t-on condamner sans honte et sans effroi,

Le fils du grand Condé , du vainqueur de Rocroi ?

On porte contre lui la fatale sentence.

» Oui, je me suis, dit-il, armé contre la France ;

» C'étoit pour ma famille et l'honneur des Français ,

« Mais depuis que la guerre a fait place à la paix,

» Le ciel en est témoin, j'ai déposé les armes.

Ses juges attendris ont répandu des larmes.

Ils rendent le consul arbitre de son sort :

L'arrêt est prononcé, cet arrêt est la mort.

La mort !.. dis-nous, cruel, dis-nous quel est son crime?

Il a du monde entier su mériter l'estime ;

Devois-tu l'arrêter sur un sol étranger ?

Il t'admiroit, barbare ! et tu vas l'égorger !.....

Ah ! montre-toi sensible aux pleurs de la patrie.....

D'Enghien marche au supplice et joyeux, il s'écrie,

En voyant l'appareil de son assassinat :

Grâce à Dieu, je mourrai de la mort d'un soldat !

Pieux autant que brave, à son heure dernière ,

Ce Prince à l'Eternel adresse sa prière ,

A ses nobles parens fait de touchans adieux ,

Et des larmes d'amour s'échappent de ses yeux.

Cependant, ô transports d'une exécrable rage !

Dans ces cruels instans, on l'insulte, on l'outrage.

Il veut à ses amis transmettre un souvenir ;

Cette faveur légère, il ne peut l'obtenir.

Il parle, on l'interrompt d'une voix insolente.

Au noble et fier d'ENGHIEN que la mort paroît lente !

Las de se voir en butte aux plus lâches discours,

Au milieu des flambeaux, il marche vers les tours,

Où se tient en silence une troupe homicide.

Debout, la tête nue et d'un air intrépide,

Le fils du grand CONDÉ lui donne le signal,

Et tombe avec honneur, atteint du plomb fatal.

Ainsi périt d'ENGHIEN, à la fleur de son âge ;

Le nom de ses ayeux, sa gloire et son courage ;

Les exploits éclatans qui signalent son bras,

Rien ne peut d'un instant retarder son trépas.

Il tombe comme un lys, orgueil de la nature,

Que les vents ont flétri de leur haleine impure ;

Mais ses nobles vertus, ses grâces, sa bonté

Le rendront toujours cher à la postérité.

O vous, dont il étoit l'honneur et le modéle,

Intrépide guerrier, et vous, amant fidéle,

Accourez sur mes pas, en longs habits de deuil,

De myrte et de laurier décorez son cercueil.

C'est un juste tribut, que l'on doit à sa cendre.

Guerrier fut-il plus brave ? amant fut-il plus tendre ?

Ah ! si le sort cruel eût respecté ses jours,

Que de faits glorieux en rempliroient le cours !

Il eût, par son *nom seul fait tomber les murailles*, (1)
Forcé les escadrons et gagné les batailles.
Hélas ! le sort cruel, pour combler nos revers,
N'a fait que le montrer aux yeux de l'univers, (2)
Et ce héros martyr, environné de gloire,
A rejoint ses ayeux au temple de mémoire.

(1) Boileau, passage du Rhin, en parlant du grand Condé.

(2) *Ostendent terris hunc tantùm fata, neque ultrà Esse sinent.*

Virg. Énéide, livre VI.